소원 거울

청개구리문고 051

소원 거울

2024년 12월 18일 1판 1쇄 인쇄 / 2024년 12월 27일 1판 1쇄 발행

지은이 이다감 / 펴낸이 임은주
펴낸곳 청개구리 / 출판등록 2003년 10월 1일 제2023-000033호
주소 (12284) 경기도 남양주시 다산지금로 202 (현대 테라타워 DIMC) B동 3층 17호
전화 031) 560-9810 / 팩스 031) 560-9811
전자우편 treefrog2003@hanmail.net
네이버블로그 청개구리출판사
인스타그램 treefrog_books

편집디자인 서강 | 일러스트 박승원
출력 우일프린테크 | 인쇄 하정문화사 | 제책 정성문화

Wish mirror

ISBN 979-11-6252-146-5 (73810)

●KC마크는 공통안전기준에 적합하였음을 의미합니다.
●이 책의 본문은 친환경 재생용지를 사용해 제작하였습니다.

경남문화예술진흥원
GYEONGNAM CULTURE AND ARTS FOUNDATION
이 책은 경남문화예술진흥원의 문화예술지원금을 보조받아 발간되었습니다.

청개구리문고 051

소원 거울

이다감 장편동화 ● 박승원 그림

청개구리

| 차례 |

1. 가장 완벽한 시간 · 8

2. 이상한 거울 · 13

3. 수상한 거래 · 21

4. 씨앗 · 29

5. 마음속 거울 · 38

6. 전략을 바꾸어 · 45

4

7. 생일 드레스 ▪ 55

8. 값비싼 대가 ▪ 65

9. 벗어나고 싶어 ▪ 72

10. 꿈과 현실 ▪ 80

11. 진실 ▪ 89

12. 100일째 되는 날 ▪ 101

작가의 말 ▪ 112

소원 거울

"다른 사람에겐 절대 비밀. 난 매일 이 시간쯤에 올 거야.
그때 나를 행복하게 해 줘. 단 한 번이라도 웃게 해 달란 말이지."

가장 완벽한 시간

아빠가 돌아가셨다.

아빠는 왜 보험도 안 든 채 차를 운전했을까? 상대편 차에 탄 사람들이 크게 다치지 않아 그나마 다행이라고 했다. 우리가 살던 전셋집과 얼마 안 되는 재산은 사고 뒤처리로 다 날아가고 말았다.

장례를 치르고 돌아온 날, 아빠 휴대폰 번호를 눌렀다.

'응, 다솜아, 금방 갈게.'

다정한 아빠 목소리가 들릴 듯한데 신호음만 났다. 꿈이길 바랐는데 아니었다.

엄마와 나는 당분간 이모 집에 얹혀살게 되었다.

"미안해 언니, 원룸 보증금 구할 때까지만 신세 질게."

엄마는 힘없이 짐 가방을 내려놓았다.

"이럴 땐 서로 돕고 살아야지."

이모가 엄마와 나를 안아 줬다.

방은 좁지 않았다. 서랍장과 높은 책장도 있었다. 다행히 이모부가 지방 발령을 받아 주말에만 집에 온다고 했다.

이모가 나가자, 엄마는 한숨을 '휴' 쉬었다.

"다솜아, 조금만 참자."

속마음을 드러내지 않으려는 엄마 마음이 느껴졌다. 나도 마음을 들키기 싫어 책장에 눈길을 주었다. 책장 속 책들이 눈물에 흔들렸다.

학교를 옮겼다. 새 학년이 되어 친구들과 조금씩 친해지려고 할 때였는데.

"은서랑 같은 4학년 2반이라니 얼마나 다행이야!"

엄마와 이모는 좋아했다. 하지만 은서는 달랐다.

"우리가 이종사촌이란 걸 친구들에게 일부러 알릴 필요는 없잖아?"

은서가 말했을 때 난 무슨 뜻인지 몰랐다.

"네가 왔다고 내 생활이 달라지는 건 싫어. 방해받고 싶지 않아."

은서가 확실하게 선을 그었다. 여태 친한 줄 알았는데, 우리

사이에 '부욱' 하고 찢어지는 소리가 났다. 좋아, 은서가 원한다면 학교에서 모르는 척하면 된다.

우린 엄마와 이모 때문에 같이 집을 나서지만, 떨어져 걸었다. 그러다가 반 친구를 만나면 은서는 다가가 조잘거렸다. 나한테는 쌀쌀맞게 굴면서도.

아빠를 생각하면 목에서 뜨거운 게 솟구치려고 했다. 억지로 누르고 참다 보면 가슴이 아팠다. 그렇다고 엄마 앞에서 아빠 얘기를 꺼낼 수도 없었다. 둘 다 울어 버릴 게 뻔하니까. 내가 마음껏 아빠를 그리워할 수 있는 시간은 학교에서 돌아와 혼자 있는 시간이었다.

"다솜아, 당분간 학원은 쉬자."

엄마가 미안해했지만, 난 오히려 좋았다.

집에 돌아오면 냉장고에 챙겨 놓은 간식을 꺼내 먹고 숙제를 끝냈다. 그러다가 책을 읽고 음악을 듣고 게임도 했다. 그래도 마음이 허전하면 휴대폰에 저장된 사진 속 아빠를 만났다. 눈치 보지 않고 아빠를 맘껏 그리워하고 부를 수 있는 시간이 바로 이때다. 학교에서 돌아와 식구들이 오기 전인 7시 20분까지. 지금 내가 가진 것 중 이보다 좋은 건 없다. 나는 이 시간을 '가장 완벽한 시간'이라고 생각했다.

이상한 거울

재활용품을 내놓는 날이다. 저쪽 모퉁이에 하얀 딱지가 붙은 전신 거울이 서 있었다. 폭은 좁지만, 내 키만 하고 쓸 만했다.

"이 거울 가져가도 돼요?"

옆에서 분리배출하는 할머니에게 물었다.

"필요 없어서 내놓은 물건이니까 가져도 돼."

'잘됐다. 그러잖아도 거울이 필요했는데.'

내가 좋아하자, 할머니가 빙싯 웃었다.

은서는 아침마다 현관 신발장에 붙은 전신 거울 앞에서 알짱거린다. 옷, 양말, 신발, 머리핀까지 제 맘에 들어야 집을 나섰다. 난 은서를 기다리고 서 있다가 곁눈질로 잠깐 거울을 보곤했다. 마치 은서 물건을 얻어쓰는 것 같아 마음이 불편했다.

"혼자 들긴 힘들걸. 도와줄까?"

할머니가 말했다. 파마한 머리에 인자한 얼굴 모습이 어쩐지 낯설어 보이지 않았다. 난 혹시라도 우리 반 아이가 볼까 봐 둘레둘레 살폈다. 다행히 친구들은 학원에 있을 시간이었다. 할머니는 엘리베이터 안까지 같이 옮겨 주었다.

"도와주셔서 고맙습니다."

내가 인사를 꾸벅했다. 할머니가 다정한 눈길로 엘리베이터 문이 닫힐 때까지 손을 흔들어 주었다. 이상하게 왼손을 달달 떨었다.

현관에서 물걸레로 거울을 깨끗이 닦았다. 흠집 하나 없이 멀쩡했다.

"부자 아파트가 맞네. 이런 물건을 다 버리고."

요즘 혼잣말을 자주 한다. 어쩐지 조금 덜 외롭다고 느껴지니까.

거울을 책장 옆에 세우고 한참 들여다보았다. 내 얼굴이 작고 홀쭉했다.

"그동안 너무 많은 일이 벌어졌지?"

거울 속 내게 말했다.

모두 꿈이었으면 좋을 텐데. 아빠를 생각하면 눈물이 났다. 우는 내 모습을 거울로 보니 내가 더 가여웠다.

"아빠, 보고 싶어요. 허어엉."

목에서 뜨거운 것이 솟구쳐 올라 눈물, 콧물 범벅이 되어 터져 나왔다. 누구 눈치 볼 필요가 없었다. 나 혼자뿐이니까. 그야말로 혼자 울기 딱 좋은 시간이었다. 한참 울고 나자, 속은 후련한데 살짝 피곤했다. 방바닥에 엎드려 두 팔을 둥그렇게 모으고 머리를 잠깐 뉘었다.

깜박 잠이 들었던가 보다. 고개를 드는데, 거울 속에서 누가 나를 빤히 바라보았다.

"헉!"

벌떡 일어나 앉았다. 거울 속엔 놀란 내 모습뿐이었다.

"휴, 잠이 덜 깨서 그런가 봐."

일어나서 불을 켰다.

학원을 몇 군데나 다닌다는 은서는 어두워져야 집에 온다. 이모도 퇴근 후 뭔가 배우러 다닌다. 엄마는 다행히 임시로 일자리를 얻어 일찍 나가고 늦게 퇴근했다. 집엔 여전히 나 혼자였다.

거울이 생긴 뒤, 은서처럼 예쁜 옷은 없어도, 머리를 단정하게 빗고 깔끔한지 어떤지 내 모습을 자주 비춰 보았다. 엄마는 회사 일에 온 신경을 쓰느라 거울엔 관심이 없었다.

나는 날마다 방해 없이 '가장 완벽한 시간'을 즐겼다.

오늘은 아빠 휴대폰 번호를 눌렀다.

"지금 거신 번호는 없는 번호이거나 결번이오니……."

여자가 감정 없는 목소리로 말했다. 엄마가 나한테 말도 없이 아빠 휴대폰을 해지했나 보다. 엄마가 원망스러웠다.

"아빠!"

이젠 영영 이별인 것 같아 소리내어 불렀다. 입에 붙은 말을 이렇게 몰래 불러야만 하다니. 남들 앞에서는 아닌 척 꼭꼭 숨겨 놓았던 마음이 혼자 있을 때면 어김없이 눈물로 터져 나왔다.

"또 울어?"

언뜻 목소리가 들렸다.

'벌써 은서가 왔나?'

들키기 싫어 얼른 눈물을 닦았다.

"다 울었어?"

머리가 쭈뼛 섰다. 분명 방에서 나는 소리였다.

"누, 누구야?"

재빨리 방을 둘러보았다. 순간 난 얼음처럼 굳어 버렸다.

"겁쟁이!"

거울에서 들려온 말소리다. 거울 속에 한 아이가 있었다. 분명 내 모습인데 나와 다르게 가슴 앞에 팔짱을 끼고 있었다. 나와 다른 거울 속 아이였다.

"귀, 귀신?"

난 놀라 뒷걸음질쳤다.

"귀신은 무슨. 설마 백설 공주에 나오는 거울을 모른다고 하진 않겠지?"

"세상에서 백설 공주가 제일 예쁘다고 말하던 그 거울?"

나는 도망칠 생각으로 방문 쪽으로 조금씩 움직이며 대답했다.

"잘 아네. 바로 우리 조상님이지."

"그건 지어낸 이야기잖아."

"아휴, 답답해. 보고도 못 믿다니. 사람들은 상상력이 부족해. 쯧쯧. 그건 그렇고, 넌 왜 울기만 해? 며칠 전에도 울었잖아."

아, 며칠 전, 무언가 내려다보는 듯했는데 꿈이 아니라 진짜였나 보다.

"지금이 '가장 완벽한 시간'이니까."

"오호, 내가 나타나니까 가장 완벽하단 말이지. 이렇게 좋은 시간에 울긴 왜 울어?"

말도 안 돼. 자기 때문에 완벽하다니.

"왜 울어서 나를 힘들게 하냐고? 난 행복하고 싶단 말이야!"

"행복?"

"그래, 네가 우니까 내가 행복하지 않잖아. 난 웃고 싶다고."

거울이 따지듯이 말했다.

"그게 나 때문이야?"

"거울 주인이 책임져야지. 어쨌든. 앞으로는 날 행복하게 해 줘. 그러면 소원을 들어줄 테니까."

"소원?"

"그래, 딱 백 일 동안만 시간 줄게."

"소원이라면, 예를 들어 집을 구해 달라는 것도 돼?"

"당연하지, 소원 거울인데. 어때?"

이게 무슨 일이람. 거울 속 아이가 자기를 행복하게 해 달래. 정말 이해 안 되는 일이지만, 집이 생긴다면 손해 볼 건 없지. 나는 고개를 끄덕였다.

거울 속 아이가 새끼손가락을 내밀었다. 나도 손가락을 거울에 대었다.

"약속했어. 다른 사람에겐 절대 비밀. 난 매일 이 시간쯤에 올 거야. 그때 나를 행복하게 해 줘. 단 한 번이라도 웃게 해 달란 말이지."

조금 지나자, 거울 속 아이가 사라지고 본래 내 모습으로 돌아왔다. 내가 '가장 완벽한 시간'이라고 생각하는 그 시간 중 짧은 순간에.

3

수상한 거래

먼저 '행복'을 검색창에 넣었다. 무슨 뜻인지 애매했다.

"뭐야? 재미없는 말뿐이잖아."

다시 검색창에 재미있는 이야기, 웃긴 이야기를 차례로 검색했다. 이야기들이 줄줄이 나왔다.

'설마 백 일 동안 한 번도 못 웃기겠어? 인터넷에 이야기가 널리고 널렸는데.'

난 자신만만했다. 재미있는 난센스 퀴즈 문제를 준비했다.

학교에서 짝 세현이에게 준비한 문제를 연습 삼아 내 보았다.

"닭에 사이즈가 작은 옷을 입히면?"

"닭이 옷을 왜 입어? 몰라."

"꼭끼오."

"응? 아하!"

세현이가 웃으며 고개를 끄덕였다. 오, 좋아. 성공할 것 같아. 혹시 모르니까 다른 문제를 몇 개 더 준비했다.

집에 돌아와 거울을 한참 지켜봤다. 언제 거울 속 아이가 나타날지 모르니까. 그러다 잠깐 딴 행동을 하는 사이에 불쑥 나타났다.

"안녕? 오늘 나를 행복하게 해 줄 수 있어?"

거울 속 아이는 기대한다는 듯 목을 빼고 앉았다.

"아, 안녕? 재미난 문제를 준비했어."

나는 낮에 짝에게 연습했던 문제를 냈다.

"흥!"

거울 속 아이가 콧방귀를 뀌었다.

"어, 약한가? 그러면 다음 카드가 있지."

미리 준비한 문제를 몇 개 더 냈다. 거울은 답을 척척 말했다.

"어떻게 다 알아?"

"아주 오랫동안 많은 사람을 만났으니까."

"그 사람들한테도 나와 같은 약속을 했어?"

"사람마다 달라. 더 자세한 얘기는 묻지 마."

거울 속 아이의 표정이 쌀쌀맞았다.

"이제 갈 시간이야. 벌써 하루가 지났네. 남은 건 99일이야."

"충분해. 설마 백 일 동안 한 번도 못 웃길까 봐? 내 소원 들어 줄 준비나 해."

나도 톡 쏘아 주었다.

"소원이 뭐랬지?"

"엄마랑 내가 살 집이 필요해."

"걱정 붙들어 매. 난 약속은 꼭 지키니까."

거울 속에는 어느새 나와 똑같이 행동하는 내가 있었다.

다시 인터넷을 뒤졌다. 라디오 쇼에 나오는 이야기 가운데 가장 인기 있는 이야기 몇 개를 준비했다. 다음 날 학교에서 세현이에게 준비한 얘기를 들려주었다. 내 뒤에 앉은 친구도 귀를 기울였다. 아이들이 깔깔 웃었다. 하지만 소용없었다. 거울 속 아이는 밍밍한 표정만 짓다가 사라졌다.

금요일 밤, 이모부가 밤늦게 집에 왔다. 안부를 묻고 이런저런 얘기를 나누다가 엄마와 나는 방으로 들어왔다.

"참, 화장실 다녀와야겠다."

막 불을 끄고 누웠던 엄마가 다시 일어나서 나가려 했다. 그때 마침 거실에서 '하하, 호호' 웃음소리가 들려 왔다. 엄마는 도로 자리에 누웠다.

한참 뒤 모두 방으로 들어갔는지 조용해졌다. 그제야 엄마가

화장실에 다녀왔다. 이모네 식구의 단란한 시간을 방해할까 봐 그랬을 거다. 얹혀산다는 건 화장실 가는 일조차 불편하다. 이 모든 상황이 낯설고 싫다. 세상은 환한데 엄마와 내가 있는 이 방만 유독 깜깜한 느낌이다.

일요일엔 유명한 레스토랑에 갔다.

"이모부가 쏜다니까 최고 맛있는 걸로 골라."

이모가 건넨 메뉴판을 펼치자 먹음직스러운 음식 사진이 가득했다. 난 좋아하는 스테이크를 골랐다. 엄마는 한참 동안 망설이다 샐러드만 시켰다.

"왜 고기 좋아하잖아?"

"입맛이 바뀌었나 봐. 다이어트도 해야 하고."

이모 물음에 엄마가 대답했다.

순 거짓말. 지난번에 아빠랑 외식할 땐 아빠가 남긴 고기까지 맛있게 먹었으면서. 엄마는 가격 때문에 망설였을 거다. 나도 공짜로 먹는 마음이 불편했다. 맛은 좋았지만.

"다솜아, 다음 주말엔 우리 어디라도 다녀올까?"

집에 돌아와서 엄마가 말했다.

"어딜요?"

"글쎄, 찾아봐야지."

엄마가 왜 그러는지 안다. 이모부가 오는 주말에 방해될까 봐,

또 오늘처럼 외식비 부담 주기가 싫어서겠지. 주말이면 방에서 뒹구는 일조차 이젠 평범하지 않다. 나야 '완벽한 시간'이 있지만, 엄마는 주말에 푹 쉬고 싶을 텐데.

거울에 비친 내가 나와 다른 몸짓을 하면 거울 속 아이가 나타났다는 뜻이다.

"안녕?"

어김없이 인사는 꼭 하는 걸 보면 예의는 있는 모양이다.

"어, 안녕?"

나도 예의 없는 사람이 되기 싫어 인사했다.

"토요일 일요일은 왜 안 나타났어?"

"다른 사람이 알아채면 안 되니까. 어쨌든, 이틀이 지났다는 것만 알아 둬."

"그럼, 오늘이 벌써 4일째야?"

"응, 나흘째지. 카운트다운은 이미 시작되었고 날짜는 매일 줄어들어."

"좋아, 아직 날이 많으니까."

설마 거울 하나 웃기는 일쯤이야 하는 마음으로 대답했다. 하지만 내가 애써 준비한 문제와 이야기를 듣고도 거울 속 아이는 무덤덤한 표정을 짓더니 금세 사라져 버렸다.

26

난 웃길 거리를 다시 찾아야 했다.

"무식한 조폭이 영어를 잘한다는 부하에게 물었어. 누룽지가 영어로 뭐꼬? 부하가 뭐라고 대답했게?"

"이번엔 영어야? 몰라."

"아따, 행님요. 그것도 모릅니꺼. '바비 브라운' 아입니꺼. '밥이 브라운'이 됐다꼬예."

내가 느릿느릿 능청스럽게 말하자 세현이와 친구들이 깔깔거렸다. 이번엔 꼭 웃겨야지. 나는 목소리 높낮이를 달리하면서 연습했다.

다시 '가장 완벽한 시간'이 되었다. 잔뜩 기대했지만 역시 그대로였다.

"넌 콧대가 높은 거야, 아니면 유머 감각이 둔한 거니?

난 어처구니가 없어서 따지듯이 말했다.

"너, 요즘 집값이 얼마나 비싼 줄 알아? 웃음 하나로 평생소원을 약속했는데 고작 이걸로 퉁치려고?"

틀린 말은 아니었다.

"시간이 많으니까 더 궁리해 봐. 날 행복하게 하는 일이 뭔지."

거울 속 아이는 어느새 사라지고 말았다.

난 화가 나 이불을 덮어쓰고 누워 버렸다. 그러느라 거울 속 아이가 나타나는 시각을 정확히 알아내지 못했다.

씨앗

거울 아이와 약속한 지 벌써 한 달이 지났다. 그사이 거울에 익숙해져서 거울 속 아이를 '거울 아이'라고 불렀다.

틈만 나면 거울 아이를 웃길 방법을 생각했다. 아이들이 모여서 낄낄대면 무슨 재미있는 얘기인지 들으려고 다가갔다. 하지만 친구들은 오히려 내게 얘기해 달라고 졸랐다. 준비한 얘기를 연습 삼아 풀면 아이들이 깔깔깔 웃었다. 어쩐지 내 인기가 높아지는 소리 같았다. 거울 대신 친구들이라도 웃어 주니 다행이었다.

우리 반에는 특이한 여자아이가 한 명 있다. 친구들과 잘 어울리지도 않고 늘 혼자인 아이였다. 지난번엔 한 남학생이 바보라고 놀려 선생님께 혼났다. 그 아이는 쉬는 시간에 저만큼 혼자 떨어져 앉아 내 얘기를 듣고는 씩 웃곤 했다.

"쟤는 착해 보이는데 왜 항상 혼자야?"

짝 세현이에게 물었다.

"착하긴 한데 좀 느려."

세현이는 대수롭지 않게 말했다.

오늘 학급 회의를 했다. 교실에 파릇한 식물이 있으면 좋겠다는 의견이 나왔다. 각자 빈 화분을 준비해 오기로 했다. 난 베란다 창고를 뒤져 화분을 찾느라 거울 아이와 만나는 시각을 놓치고 말았다.

'하루쯤 놓친다고 크게 달라질 게 있겠어?'

일부러 그런 건 아닌데, 거울을 잊고 지내는 순간이 편안했다. 그동안 거울 때문에 꽤 신경이 쓰였나 보다.

다음 날 아이들이 빈 화분을 가져왔다.

"떤땡님, 떤땡님. 딥에 화분이 있는데 밑에 구멍이 땡겨 물이 다꾸 때요. 떼이프 발라도 그래떠 몬 가떠 왔떠요."

그 여자아이였다. 아이들이 깔깔대며 웃자, 여자아이 얼굴이 빨개졌다. 난 아이가 말하는 걸 처음 들었다. 발음이 특이했다. 화분 구멍을 막으려고 테이프로 바르는 모습을 상상하니 귀엽기까지 했다.

"그랬구나, 혜지야. 사람이 물을 마시면 오줌을 누지. 화분도 마찬가지야."

선생님이 말했다.

"아하, 그러꾸나!"

혜지는 새로운 걸 알았다는 듯 활짝 웃었다. 너무도 착하고 맑아 보였다.

선생님이 과학준비실에서 가져온 씨앗은 강낭콩, 방울토마토, 들깨, 해바라기, 봉숭아, 상추, 나팔꽃 등이었다. 화분을 가져온 아이들이 화단에서 흙을 담아와 씨앗을 골라 심었다. 나는 해바라기씨를 집어들었다.

"해바라기는 크게 자라니까 나중에 학교 화단에 옮겨 심어야 할 거야."

선생님이 미리 일러 주었다. 아, 그렇겠구나! 나는 씨를 심고 물을 흠뻑 주었다.

오늘도 화분에 잔뜩 빠져서 거울 아이에게 들려줄 이야기를 준비하지 못했다. 급히 휴대폰으로 재미있는 이야기를 검색했지만, 거울 마음에 들 만큼 산뜻한 이야기는 없었다. 어느새 '완벽한 시간'이 다가왔다.

"안녕? 무얼 준비하느라 이렇게 시간이 걸렸어?"

거울 아이는 이틀 동안 내가 더 재미있는 이야기를 준비했을 거라고 잔뜩 기대하는 눈치였다.

"안녕? 따로 준비한 건 없어."

"치, 정성이 부족한 거 아냐?"

"바빴어. 학교에서 있었던 일이라도 말할게."

나는 혜지 얘기를 들려주었다.

"너도 그 아이가 바보라고 생각하니?"

"아니, 그냥 우리보다 조금 어린 것 같아. 서너 살 정도."

거울 아이가 웃진 않았지만, 내 이야기에 반응하긴 처음이었다. 평소엔 심드렁한 모습이었는데.

"화분에 구멍이 있는 이유를 알고 환하게 웃었어. 생각해 보면 나도 새로 알게 됐을 때 무척 놀라웠던 기억이 나. 지금은 그 느낌을 다 잊고 지내."

"예를 들면?"

"과자를 '가자'로 알았거든. 어느 날 선생님이 칠판에 '과자'라고 썼어. 새로운 세상을 만난 것처럼 신기했던 기억이 나."

"고작 글자 하나로?"

"응, 글자 하나 때문에 전혀 뜻이 달라지는 게 신기했어. 그땐 아는 게 적어서 더 그랬나 봐."

"그런 순간을 잊지 않고 있다니 너도 놀라워!"

거울 아이가 사라지고 또 하루가 줄었다. 갈수록 이 시간이 '가장 완벽한 시간' 중에서도 '가장 중요한 순간'이 되어 가고 있었다.

드디어 거울 아이가 나타나는 시각을 알아냈다. 매일 똑같지 않아서 금세 알아채지 못했다. 대체로 6시 40분에서 7시 사이 어느 한순간에 나타났다가 사라졌다. 약 4~6분, 아니 더 짧을 때도 있었다. 그 시간 동안 어떻게 거울 아이를 웃길까? 남은 날은 자꾸 줄어드는데, 아직 잘 모르겠다.

다음 날, 혜지가 큰 화분을 들고 왔다.

"흙 담는 것 도와줄까?"

내 말에 혜지가 생긋 웃었다.

모종삽으로 화단 흙을 파자 지렁이 몇 마리가 나왔다.

"으아, 징그러워!"

흙을 담던 아이들이 소리를 질러댔다.

"난 하나도 안 딩그러운데."

혜지는 오히려 지렁이를 잡아 다른 곳으로 옮겨 주며 생글생글 웃었다. 그런 혜지 모습이 꾸밈없어 좋았다.

아이들이 교실로 다 들어가고 혜지와 내가 제일 늦게 들어왔다. 상추 씨앗만 남아 있었다.

"혜지야, 화분은 큰데 상추 씨앗이 너무 작네. 내 해바라기씨랑 바꿀래?"

내 말에 혜지가 좋다고 했다.

흙을 뒤져 어제 심은 해바라기씨를 꺼내 주고 대신 상추씨를 심었다. 서로 화분에 어울리는 식물을 심어 기분이 좋았다.

"고마워. 넌 땀 똥은 띤구야!"

처음엔 혜지 말을 잘못 알아들었는데, 이젠 알아들을 수 있다.

"너도 참 좋은 친구야!"

우리는 마주 보고 환하게 웃었다.

"안녕, 오늘은 기대해도 될까?"

"안녕? 혜지한테 내 해바라기씨를 줬어. 혜지가 큰 걸 키우고 싶어 했거든. 혜지는 달라서 좋아."

"어떻게 달라?"

"다른 애들은 지렁이가 징그럽다고 했는데 혜지는 맨손으로 잡아."

"넌 지렁이 잡을 수 있어?"

"아니."

"왜, 징그러워서?"

나는 고개를 끄덕였다.

"아이들이 혜지를 놀리지만, 혜지는 용감하고 상상력이 풍부해. 지렁이가 고양이처럼 귀엽다고 느껴지나 봐."

"넌 뭘 잘해?"

내가 머뭇거리는 사이 거울 아이는 사라지고 말았다. 그나저나 난 무얼 잘할까?

5

마음속 거울

쉬운 일이라 생각했는데 아니었다. 거울 아이를 웃겨야 한다는 생각에 사람들이 흔히 말하는 '아무 말 대 잔치'를 벌이기도 했다. 그럴 땐 거울 아이의 반응이 싸늘했다.

"더 센 처방이 필요한데, 도대체 그게 뭐지? 어휴, 답답해!"

엄마가 어렸을 때 외할머니에게 들었다는 얘기를 아이들에게 들려주었다. 세현이는 공부 시간에도 자꾸 생각나는지 실실 웃어댔다. 좋아, 강력해. 이 정도면 충분할 거야. 이야기 흐름을 생각하면서 목소리 높낮이를 바꿔 가며 연습했다.

잔뜩 기대하면서 거울 아이에게 얘기했는데, 역시 아무런 대꾸가 없었다.

"왜, 재미없어?"

"재미없는 건 아니야. 그렇다고 행복한 것도 아니고."

이럴 때 제일 기운이 빠진다.

"아, 그럼 도대체 뭐가 문제야?"

나는 버럭 소리 질렀다.

"그것까지 알려 줘야 해? 네가 알아내야지."

거울 아이는 쌩하니 사라졌다.

"흥, 자기가 뭔데."

괜한 약속을 한 것 같아 후회가 밀려왔다.

어버이날이 다가왔다. 학교 앞 꽃가게에 카네이션 화분과 작은 꽃바구니가 진열되었다. 학교를 오갈 때마다 꽃을 보는 마음이 편치 않았다.

'어버이날이 이렇게 슬픈 날인 줄 몰랐어!'

이젠 내 마음을 받아 줄 아빠가 없다는 사실에 쓸쓸했다.

토요일엔 엄마와 아빠 산소에 다녀왔다. 온통 무덤뿐이어서 무서울 거라고 생각했는데, 가족들이 다녀갔는지 여기저기 색색깔의 꽃들이 꽂혀 있었다. 공원묘원은 아빠가 새롭게 이사해 이웃과 함께 살아가는 동네 같았다.

'무덤이 많다는 건 헤어진 사람들이 많다는 뜻이겠지. 슬픔을 견디며 사는 사람이 많은가 봐. 모두 어떻게 살아가는 걸까?'

사 온 카네이션을 산소 앞에 꽂고 절을 했다.

'우리 다솜이 왔구나!'

따스한 아빠 목소리를 듣고 싶은데, 야속하게 아무 말이 없었다. 하늘엔 흰 구름이 떠가고, 바람이 시원하게 불어왔다. 문득 아빠와 나눈 얘기가 떠올랐다.

"다솜아, 마음속에 작은 거울 하나 품고 살아야 해."

"아빠, 어떻게 거울을 마음속에 품고 살아요?"

"거울에 비춰 보면 더러운 게 묻었는지, 옷매무새가 바른지 금세 알 수 있지?"

"예."

"거울을 봤는데 다솜이 얼굴에 뭐가 묻었으면 어떡할래?"

"닦아야죠."

"머리가 엉클어졌으면?"

"빗으면 돼요."

"똑같은 거야. 마음에 거울을 품고 살면, 지금 하는 행동이 바른지 그른지 자신을 비춰 볼 수 있어. 옳지 않다면 고쳐야겠지."

나는 알 듯 말 듯해서 고개를 갸웃거렸다.

"지금은 몰라도 돼. 나중에 어른이 되었을 때 아빠 말을 기억하면 좋겠어."

"아빠, 벌써 몇 번짼데 잊어요."

내 대꾸에 아빠는 웃곤 했다.

'아빤 내가 바른 사람으로 자라길 바랐던 거야!'

그런데 아빠에게 하고 싶은 말이 있다.

'아빠는 왜 보험도 안 든 차를 몰다가 이렇게 됐어요. 엄마랑 내가 얼마나 힘든 줄 알아요?'

아빠를 원망하는 마음과 그리워하는 마음이 다투었다.

'아빠 마음엔 거울이 없었을까? 아니야 거울은 있었는데, 너무 바빠 거울 볼 시간이 없었을 거야. 대형 트럭을 몰고 밤새 고속도로를 달리느라 피곤했을 테니까.'

엄마와 나는 한참 동안 아빠 무덤 앞에 앉아 있었다.

다음 날, 아파트 벤치에 앉아 있는데 정원을 돌아다니는 길고양이 한 마리가 다가왔다. 제대로 못 먹었는지 배가 홀쭉했다.

"어쩌지, 줄 게 없어."

내 말에도 아랑곳없이 고양이는 내 주변을 맴돌았다. 흰색에 갈색 무늬를 띈 고양이인데 자세히 보니 양쪽 눈 색깔이 달랐다. 한 눈동자는 파르스름하고 한쪽은 약간 보랏빛이었다. 신기해 머리를 쓰다듬어 주었다.

"오드 아이니까 앞으로 '오이'라고 부를게."

고양이는 제 이름이 마음에 들었는지 도망가지 않고 순하게

앉아 있었다.

다음 날, 고양이 먹이로 줄 멸치를 몇 마리 챙겨 나갔다. 처음엔 조심스럽게 냄새를 맡았다.

"나쁜 사람 아니야. 먹어도 돼."

망설이던 고양이는 내 말을 알아듣기라도 한 듯 멸치에 입을 댔다. 먹어도 되는 거라고 확신했는지 멸치를 물고 잠깐 어디로 가더니 조금 뒤 다시 나타났다.

'아빠, 오늘 제가 한 일을 거울에 비춰 보니까 그런대로 잘한 것 같아요. 아빠가 원하는 게 이런 거였죠?'

이상하게 마음이 뿌듯했다.

전략을 바꾸어

벌써 거울 아이와 약속한 지 두 달이 지났다. 인터넷에서 찾은 이야기로는 거울 아이를 웃기지 못했다. 겨우 이거야 하는 표정을 짓고는 사라져 버리곤 했다.

친구들 의견도 듣고 싶어 일일이 쪽지를 만들어 돌렸다.

친구들아, 질문에 대답해 주면 고맙겠어.
언제 행복하다고 느끼는지 솔직히 적어 줄래?

답해 줄 친구가 많지 않을 줄 알고 한 사람이 세 가지 정도 적을 수 있게 칸을 비워 두었다. 의외로 반응이 좋아 놀랐다. 모두 행복하고 싶은 마음이 있어서 그런 걸까? 친구들이 공통으로 행복하다고 느끼는 건 식구와 관련된 내용이 많았다.

가족들과 여행 갈 때
놀이공원 갈 때
분위기 좋은 곳에서 식구들과 밥 먹을 때
캠핑 갈 때
할머니 댁에 갈 때
아빠가 일찍 퇴근했을 때
엄마 아빠가 놀아 줄 때
사촌들이랑 만났을 때

공부나 칭찬에 관련된 내용도 있었다.

공휴일에 늦잠 잘 때
방학 때
학교 안 갈 때

게임할 때

학원 쉴 때

대회에서 상 받을 때

칭찬받을 때

시험 잘 쳤을 때

돈이나 선물, 친구에 관한 내용도 있었다.

용돈 많이 받을 때

예쁜 옷 살 때

생일 파티할 때

생일 파티에 초대됐을 때

선물 받을 때

친구들과 파자마 파티할 때

그 외 취미에 관한 내용도 있었다.

게임할 때 / 축구할 때

> 야구 경기 보러 갈 때 / 노래 부를 때 / 춤출 때
> 수영할 때 / 피아노 칠 때 / 조용히 책 읽을 때
> 만화영화 볼 때 / 낚시 갈 때 / 발표회 할 때
> 태권도에서 승급했을 때 / 공연 보러 갈 때
> 사슴벌레를 만났을 때 / 강아지랑 놀 때

또 특이한 내용도 하나 있었다.

엄마 아빠와 함께 살 때

지금은 같이 안 산다는 말일까? 누구랑 같이 산다는 거지?
마지막 하나는 정말 부러웠다. 나도 그랬으면 좋겠다.

난 항상 행복해

이번엔 전략을 바꿔 보기로 했다. 조사한 내용 중에서 거울 아
이에게 적용할 수 있는 것들을 골라 보았다.
"안녕? 무엇으로 행복하게 해 줄래?"
"안녕?"

48

나는 게임 앱을 열었다.

"요즘 친구들 사이에 유행하는 게임인데 재미있어."

내가 휴대폰을 들고 있으니 거울 아이도 폰을 들고 있었다. 휴대폰으로 거울 앞에서 게임 방법을 자세히 알려 주었다.

"그럼, 게임이란 걸 시작해 볼까!"

거울 아이가 잔뜩 기대한 표정으로 말했다.

"참, 방향은 이렇게 바꾸는 거야."

나는 거울에 폰을 비추며 방향 바꾸는 방법을 보여주었다. 거울 아이는 내가 보여준 대로 게임을 했다.

"오우, 재미있다. 거울을 보며 게임하는 사람들은 많지 않거든. 어쨌든 내겐 새로운 경험이야!"

거울 아이는 싫지 않은 얼굴로 사라졌다. 며칠 동안 몇 가지 게임을 더 가르쳐 주었다. 신기해했지만, 행복하다는 말은 하지 않았다.

점심을 먹은 뒤 아이들이 교실 뒤에서 춤을 익혔다. 짝 세현이도 있었다.

"세현아, 나도 같이 춰도 돼?"

춤추는 모습을 보여주면 거울 아이가 좋아할 것 같았다.

"좋아, 따라 해 봐."

친구들 뒤에 서서 춤동작을 따라 했다. 처음이라 어색한데 순서조차 안 익혀져 박자를 놓치기 일쑤였다.

"처음인데 잘하네."

내가 봐도 어설픈데 세현이가 칭찬해 주니 기분이 좋았다.

집에 와서 동영상을 보며 땀나도록 연습했다. 순서가 익숙해지고 어느 정도 자신이 생겼다. 내가 몸치라고 생각했는데 아니었나 보다.

"안녕? 오늘은 뭘 준비했어?"

"안녕? 춤 어때?"

나는 음악을 틀고 아이들과 연습한 춤을 추었다. 거울 아이도 열심히 나를 따라 했다. 동작이나 박자가 제대로 맞지 않아도 꽤 신나게 추었다.

"오호 제법인데. 어때, 행복해?"

"춤은 예전에도 많이 춰 봤어. 뭐 이렇게 몸을 많이 흔들진 않았지만. 어쨌든 새로운 춤을 춰 보니 신나긴 해!"

거울 아이의 표정이 밝아졌다.

얼마 뒤 또 새로운 춤을 익혔다. 세현이가 어려운 동작을 많이 가르쳐 주었다.

"다솜아, 난 하나 더 써야겠어. 춤출 때 가장 행복하다고!"

춤 연습이 끝나고 세현이가 말했다. 지난번 조사했던 행복에 관한 쪽지를 두고 하는 말이었다.

"엄마 아빠랑 다시 같이 살기를 기대했는데 이젠 그럴 일이 영영 없을 것 같아. 어제 엄마가 새 동생을 낳았거든."

세현이가 울 듯한 표정으로 말했다. 세현이 엄마 아빠는 이혼하고 각자 다른 가정을 꾸렸다고 했다.

"그랬구나!"

나는 세현이 손을 꼭 잡아 주었다.

"다솜아, 난 네가 부러워. 아빠가 없어도 즐겁게 잘 살아가잖아."

세현이 말에 깜짝 놀랐다. 가족이 다 살아 있는데도 나를 부러워하다니.

새로 익힌 춤을 거울 아이에게 알려 주고 같이 추었다. 거울 아이도 싫지 않은 표정이었다.

"참 이상해. 내가 책을 읽거나 조용한 걸 좋아하는 줄 알았는데 이렇게 춤을 좋아할 줄 몰랐어."

내 말에 거울 아이 입꼬리가 조금 올라가는 듯싶었다. 내가 나에 대해 새롭게 알게 된 게 신기했다. 앞으로는 나와 상관없다고 저만치 밀쳐냈던 일들에 도전해 보고 싶어졌다.

거울 아이도 낯선 경험을 하게 돕고 싶었다. 책을 읽어 주면 어떨까? 책 읽는 모습을 거울에 비춰 보는 사람은 많지 않을 거야.

거울 아이는 금세 사라지니까 5분 안
에 다 읽어야 해. 나는 도서실에서 책
을 빌려 알맞은 동시를 몇 개 골랐다.
　"안녕?"
　"안녕? 오늘은 동시를 읽어 줄게.
들어 봐."

몸조립

이모가 아기를 낳았어요
식구들이 보러 갔어요.
돌아올 때
"몸조리 잘해."
엄마가 말했어요.

오늘은 아빠가 몸살이 나
회사에 못 갔어요.
"아빠 몸 조립 잘해."
유치원 가던 동생이 말했어요.

동생 덕분에
저녁이 되자
아빠 몸이 잘 조립되었어요.

"어라, 그 녀석. 아빠 몸을 조립해 버렸군. 대단한데!"

거울 아이는 좋다는 말인지 싫다는 말인지 애매하게 표정 짓고는 사라졌다.

어쩌다 보니 아빠와 관련된 동시였다. 아빠도 푹 쉬었으니 다시 일어나면 얼마나 좋을까?

생일 드레스

"다솜아, 은서 생일 초대장 만들 건데 좀 도와줄래?"

이모까지 나서서 저러니 무슨 대단한 행사라도 하는 것 같다. 나는 초대장 꾸미기를 도와주었다. 생일 파티는 토요일에 작은 카페를 빌려서 한다고 했다.

은서는 이모가 사 줬다는 옷을 입고 자랑했다. 은은한 분홍색에 나풀나풀 부드러운 흰색 레이스로 장식한 드레스였다. 허리를 감싼 붉은 리본 장식을 보니 꽤 근사해 보였다.

"부자 동네가 맞긴 맞네. 애들 생일을 칠순 잔치처럼 하고."

엄마는 이모네가 살짝 부럽나 보다. 사실은 나도 그렇다.

"그날 우린 절에 다녀올까? 기도발 잘 받는 절이 있대."

"좋아요."

반대할 이유가 없었다.

다음 날, 이모는 서운해했지만, 아침을 먹고 집을 나섰다. 버스를 세 번 갈아타고 산 아랫마을에서 내려 한참 걸어가야 했다. 계곡 물소리를 따라 걸어가니 마음에 쌓였던 찌꺼기가 싹 날아가는 느낌이었다.

좀 더 오르자, 천 개나 된다는 계단이 나타났다. 유명한 암자여서 사람들이 많았다. 새벽부터 왔는지 벌써 내려오는 사람들도 있었다.

"기도발이 세다는 소문이 맞나 보다."

엄마 말처럼 기도를 잘 들어주는 절이면 좋겠다.

옆에 준비된 나무 막대를 짚고 올라가니 오르기가 훨씬 쉬웠다. 얼마쯤 가다가 계단 옆 바위에서 쉬었다. 간식을 먹으며 내가 수수께끼를 냈다.

"엄마, 맞춰 보세요. 소가 날면 뭐가 되죠?"

"응? 소가 어떻게 날아?"

"하늘소."

"아하!"

"인사하는 소는?"

"꾸벅소?"

"반갑소."

엄마가 깔깔 웃었다.

"다솜이가 이렇게 분위기를 즐겁게 바꿀 줄 몰랐네."

엄마가 웃으니 나도 기분이 좋아졌다.

절에 도착해 엄마는 부처님 앞에서 여러 번 절했다. 집을 마련하게 해 달라고 비는 걸까, 아니면 아빠를 위한 기도일까? 난 작별 인사조차 못 하고 떠난 아빠를 꿈에서라도 만나게 해 달라고 빌었다.

내려오는 길에 어떤 아주머니와 아저씨를 만났다. 아줌마가 막대기 한쪽 끝을 쥐고 앞서고, 아저씨는 뒤에서 막대기 끝을 잡고 오르고 있었다. 한 발 한 발 조심스럽게 내딛는 모습이 아슬아슬했다.

"아저씨가 눈이 잘 안 보이나 봐. 얼마나 간절했으면……."

엄마가 작게 말했다. 한참 내려오다 돌아보니 얼마 못 올라갔다.

'천 개나 되는 계단을 잘 오를 수 있을까?'

괜스레 걱정스러웠다.

집에 오자 은서가 생일 선물을 자랑했다.

"은서야, 다솜이한테 선물 좀 나눠 주지?"

이모가 말했다.

"싫어. 선물을 어떻게 나누어요. 친구 정성이 있는데."

은서가 짜증을 냈다.

'걱정 붙들어 매, 나도 얻고 싶은 마음 없으니까.'

목구멍까지 올라오는 말을 꾹 참았다.

선물 가운데 내 눈길을 사로잡은 물건은 바로 보석 상자였다. 소중한 물건을 담기에 딱 어울렸다. 반짝이는 검은 천에 구슬이 보석처럼 박혀 있고, 둥근 모서리와 아치형 뚜껑이 특이했다. 나는 지금껏 저렇게 우아하고 예쁜 선물을 받아 본 적이 없다. 그때 거울 아이가 떠올랐다.

'맞아, 거울 아이도 예쁜 걸 보면 좋아할 거야. 여태 왜 이 생각을 못 했지?'

다음 날, 학교에서 돌아와 은서 방문을 살짝 열었다. 보석 상자는 서랍장 위에 있었다.

'남의 물건을 허락 없이 빌리는 건 나쁜 일이야.'

가슴이 두근거렸다.

'어때, 잠깐 보여주고 다시 올려놓을 건데.'

두 마음이 탱탱하게 줄다리기했다.

'그래, 훔치는 것도 아닌데 뭐!'

난 상자를 집어 들었다.

거울 아이는 내가 내민 보석 상자를 자세히 살펴보았다.

"칸칸이 장식이 다른 게 예쁘긴 하네."

거울 아이는 은서가 넣어 놓은 목걸이와 반지, 예쁜 장식품을 들여다보았다.

"네 거야?"

"아니, 은서가 생일 선물로 받았어."

"너도 받고 싶니?"

"누가 나한테 이런 선물을 주겠어?"

"그건 모르지. 너한테도 이런 친구가 생길지."

'내 최고의 선물은 네 웃음이야. 내 정성을 봐서라도 그냥 한 번만 웃어 주면 안 돼?'

솔직하게 말하고 싶었다.

어느새 '가장 완벽한 시간'이 끝났다. 몰래 가져온 보석 상자를 은서 방에 두고 막 나오려는데 현관 비밀번호 누르는 소리가 났다. 나는 재빨리 방으로 돌아왔다.

'휴, 조금만 더 늦었으면 들킬 뻔했어. 어, 내가 은서 방문을 제대로 닫았나?'

다행히 은서가 아무 말 없는 걸 보니 닫긴 했나 보다.

거울 아이가 보석 상자를 마음에 들어 해서 다행이었다.

'거울 아이는 예쁜 옷도 좋아할 거야.'

다음 날도 은서 방에 들어갔다. 옷장을 열어 보니 예쁜 옷이 가득했다. 곱게 걸어 놓은 생일 드레스가 단연 눈에 띄었다.

'아주 잠깐인데 때가 묻겠어, 찢어지길 하겠어.'

가슴이 콩닥콩닥 뛰었지만, 드레스를 꺼내 들고 내 방으로 왔다. 드레스를 입고 거울 아이 앞에서 이리저리 비추어 보았다.

"오, 잘 어울리는데!"

칭찬에 인색한 거울 아이가 반응하니 기분이 좋았다. 거울 아이도 입꼬리를 살짝 올리는가 싶었다.

그때 현관문 열리는 소리가 났다. 가슴이 철렁 내려앉았다.

"다솜아, 어디 있어?"

조금 뒤 은서가 내 방문을 확 열어젖혔다.

세상에, 옷 하나 때문에 저렇게 눈물을 쏟다니. 진짜 울고 싶은 사람은 나인데. 이모는 내게 화내거나 야단치지 않았다. 그게 더 미안해서 고개도 들지 못 했다.

"은서야, 사촌끼리 잠깐 나눠 입을 수도 있지, 그게 뭐라고 이렇게 울어?"

이모가 달래느라 한 말이 은서를 자극했다. 억울한 듯 은서는 더 크게 울어 댔다.

조금 뒤 퇴근한 엄마도 이 상황을 보고는 깜짝 놀란 표정을 지었다.

"어제는 다솜이가 내 보석 상자를 건드렸단 말이에요."

울면서 은서가 일러바쳤다.

내가 방문을 안 닫고 나온 게 맞았다. 은서는 이미 눈치채고 일부러 오늘 일찍 들어온 게 확실했다. 엄마가 곤란한 표정으로 나를 보았다.

"나 잠깐 봐."

이모가 엄마 팔을 잡고 안방으로 들어갔다.

'이러다 집에서 나가라면 어쩌지?'

후회가 밀려왔다.

"은서야, 울지 마, 내가 진짜 잘못했어. 대신 네가 원하는 것 다 해 줄게. 내가 할 수 있는 거라면."

난 급한 마음에 사과했다.

"정말이야, 잠깐만 거울 앞에 비춰 보고 벗으려고 했다니까."

은서는 내 말을 귓등으로도 안 들었다.

이모와 얘기를 마치고 나온 엄마가 나를 방으로 이끌었다.

"다솜아, 은서 옷이 부러웠어?"

화낼 줄 알았는데 엄마 목소리가 부드러웠다. 잔뜩 긴장했던 마음이 풀리며 눈물이 쏟아졌다. 이럴 때 왜 하필 아빠가 했던 말이 생각나는 걸까?

'다솜아, 마음에 거울 하나를 품고 살면 언제나 자기를 비춰 볼 수 있어. 그러면 절대 엇나가지 않아.'

아빠 말을 어긴 내가 미웠다. 옳지 않은 줄 알면서 그럴듯한 이유를 붙여 내 마음을 속이려 했다.

"엄마, 죄송해요."

"다솜아, 감당하기 힘든 일이 한꺼번에 너무 많았지. 어른인 나도 힘든데 어린 너는 오죽하겠니? 네 탓만은 아니야."

혼날 줄 알았는데 다독여 주니 더 눈물이 났다.

"이모 말처럼 네 감정을 살폈어야 했는데."

엄마 목소리가 떨렸다. 엄마와 나는 서로 부둥켜안고 울었다.

"참는 것보다 솔직하게 털어놓는 시간이 필요했어. 엄마도 마음을 들키는 게 두려워서 잘 이겨낸다고 억지로 믿고 싶었나 봐."

엄마가 눈물을 닦아 주었다. 울고 나니 마음이 홀가분했다.

이모와 은서에게 진지하게 사과했다. 은서는 들은 척도 하지 않았다.

값비싼 대가

친구들은 내 얘기를 좋아했다. 이제 쉬는 시간이면 혜지는 내 가까이에 와서 얘기를 듣곤 했다. 어떤 땐 은서도 슬쩍 곁눈질하는 눈치였다.

저녁에 은서가 오랜만에 말을 붙였다.

"지난번에 나를 위해서 뭐든지 다 한다고 했지? 네가 나보다 공부를 잘하니까 수학 지필 평가할 때 도와줘."

같이 공부하자는 말인 줄 알았는데 은서 부탁이 엉뚱했다.

"은서야, 그런 일 말고 내가 할 수 있는 걸 부탁해."

"이건 부탁이 아니라 내 권리야. 옷 입은 값을 내란 뜻이지. 어렵진 않아. 수학 평가지에 우리 서로 이름과 번호를 바꿔 쓰면 돼."

"들키면 어쩌려고?"

"끝날 때쯤이면 아이들이 한꺼번에 평가지를 내니까 선생님이 일일이 확인하진 않을 거야."

내 입으로 부탁을 들어준다고 했으니 거절할 수 없었다.

'휴, 옷 한 번 입은 죄로 그런 짓까지 해야 한다니……'

아무리 생각해도 방법이 없었다. 결국 난 번호와 이름을 쓰지 않고 평가지를 냈다. 평가지에 이름이 없는 사람은 은서 뿐이었나 보다. 선생님은 실수로 이름을 빠뜨렸다고 생각하고 다음 날 은서를 불러 이름을 쓰게 했다. 내 점수는 참담했다. 은서가 일부러 답을 피해 적었나 싶을 정도였다.

"다솜아, 이게 네 점수 맞아? 이런 문제를 틀리다니 이상해."

평소 내 수학 실력을 잘 아는 선생님이 못 믿겠다는 듯 말했다.

나는 어쩔 줄 몰랐다.

"선생님, 그날 머리가 너무 아파 문제를 제대로 못 풀었어요."

얼른 그 자리를 피하고 싶었다.

"그랬구나! 다음엔 네 실력을 제대로 발휘하면 좋겠어."

선생님이 내 말을 믿어 주었다. 다시는 남의 물건을 탐내지 말아야지. 마음이 아픈 날이었다.

드레스 사건 이후로 나는 학교에서 있었던 일들을 엄마에게 자주 얘기했다. 친구들이 내 얘기를 좋아한다는 말에 엄마 표정

이 밝아졌다. 엄마도 친해진 회사 동료들에 대해 말해 주었다. 하지만 나는 이번 평가 얘기는 미뤄 두기로 했다. 들으면 엄마가 속상해할 테니까. 또 한 가지, 거울 아이와 한 약속도.

며칠 뒤, 이모가 연보랏빛 원피스를 사 왔다. 마음에 쏙 들었다.

"예쁘다, 우리 다솜이. 진작 하나 사 줬으면 좋았을 텐데."

"이모, 고맙습니다."

살짝 윙크하는 이모에게서 엄마 같은 향기가 느껴졌다.

그날, 이모는 자기가 옷 한 벌만 사 왔기 때문에 이런 일이 벌어졌다고 미안해했다. 내 행동이 착한 이모 마음을 아프게 한 것 같아 난 후회하고 후회했다.

다음 날, 이모가 준 원피스를 입고 거울 앞에 섰다.

"이건 이모가 선물해 준 내 옷이야."

"그러니?"

거울 아이가 무덤덤하게 말했다.

거울 아이도 다 안다. 내 방에 온 은서가 옷을 벗으라고 소리 질렀던 일을.

얼마나 자존심 상하고 민망했는지 모른다. 이모와 엄마에게 들키고, 평가지에 이름을 바꿔 쓰고, 선생님을 속이고, 결국 내 수학 점수는 엉망이 되었다.

이 모두가 거울 아이를 행복하게 해 주려다 벌어진 일이었다. 그래도 꾹 참고 거울 앞에 섰는데, 이렇게 무뚝뚝한 반응을 보이다니. 거울 아이가 원망스러웠다.

"어쩜 저렇게 내 마음을 모를까? 이건 내 옷이야. 한 번쯤 예쁘다고 말해 주면 위로가 될 텐데."

여태 난 거울 아이를 위해 꽤 많이 해 줬다고 생각하는데 거울 아이는 이런 내 맘을 전혀 모른 척했다. 서운해서 방을 나와 버렸다.

'두고 봐 앞으로 더는 아무것도 하지 않을 거야!'

난 단단히 화가 나서 거울 아이가 나타날 시간이 되면 밖으로 나와 버렸다. 거울 아이를 만나기보다 오이를 만나는 편이 훨씬 좋았다.

주말엔 모든 걸 잊고 교외로 나갔다. 거울에 대해 생각하지 않으니 마음이 한결 편안했다.

돌아오는 길엔 공원에 들렀다. 자주 지나쳤던 곳인데 들어가 보지는 않았다. 너른 잔디밭에 키 큰 나무와 벤치가 있었다. 엄마가 화단에 핀 수국, 술패랭이 같은 꽃 이름을 알려 주었다.

조금 더 걷자, 맞은편 큰 나무 그늘에서 아이 셋이 소꿉놀이에 빠져 있었다.

"짜, 띡따하떼요. 마띤는 꼳빱이 와떠요."

우리 반 혜지였다.

1학년쯤 되어 보이는 쌍둥이 여동생들과 떨어진 꽃잎을 모아 소꿉놀이를 하고 있었다. 혜지가 분홍 꽃잎을 숟가락에 얹어 동생에게 내밀면 동생들이 입을 아 벌리고 받아먹는 흉내를 냈다. 어찌나 귀여운지 같이 놀고 싶어졌다.

"지나가던 사람인데요, 저도 꽃밥 좀 주세요."

내 목소리에 혜지가 고개를 돌렸다.

"어, 따똠이다. 따똠이."

혜지가 반기자, 동생들도 좋아했다.

소꿉놀이에 끼어들어 한참 놀았다. 드레스 사건 이후 골치 아팠는데 꽃밥만으로도 배부른 날이었다. 저쪽 벤치에서 한 아주머니가 우리를 지켜본다는 사실을 나중에 알았다.

9
벗어나고 싶어

벌써 일주일째 거울 아이를 보지 않았다.

'처음부터 말이 안 되는 일이었어. 거울이 어떻게 소원을 해결해 주겠어?'

거울에서 벗어나고 싶어 온갖 생각이 다 떠올랐다.

'옛날 얘기에 사람을 홀리는 물건이 있다고 했어. 저 거울도 나쁜 물건일 거야.'

거울 아이가 나타나는 시각이 가까워지면 마음이 불편했다.

'내가 피해야 할 이유가 뭐야. 거울만 없어지면 되는 건데. 맞아, 거울을 도로 내놓으면 돼!'

집에 돌아와 거울을 들어내려고 했다. 혼자 힘으로는 어림도 없었다.

"이상하다. 그땐 이렇게 안 무거웠는데. 할머니가 도와줘서 그런가?"

겨우 방문 앞까지 가는데도 한참 끙끙댔다.

'은서한테 부탁할까? 아니야, 여전히 삐져서 자기가 필요할 때만 말하잖아. 이모한테 부탁하면 멀쩡한 거울을 왜 버리냐고 묻겠지?'

결국 엄마가 퇴근할 때까지 기다렸다. 엄마는 열 시가 넘어서야 왔다.

"엄마, 거울 좀 같이 내놔요."

"무슨 거울?"

"제가 주워 온 저 거울요."

"그게 요즘 유행하는 유머 코드니? 난 별론데."

엄마는 내가 가리키는 곳을 보고 고개를 갸웃하더니 씻으러 갔다. 피곤한 엄마에게 다시 부탁하려니 미안했다. 어쩔까 다시 궁리했다.

'사람 마음을 갖고 노는 요상한 거울이니까 없애 버리는 게 낫겠어.'

거울만 깨 버리면 모든 일이 해결될 것 같았다.

'깰 때 조각이 튀면 위험하니까, 테이프를 발라야지.'

다음 날, 학교 앞 문방구에서 넓은 테이프를 두 개 사 왔다. 테이프가 넉넉해 거울 앞뒷면 전체를 몇 번이나 칭칭 겹쳐 발랐다. 누런 테이프를 겹겹이 바른 거울을 보자 마음이 편치 않았다.

'정말 나쁜 거울일까?'

막상 깨려니 이상하게 가슴이 콩닥거렸다.

'마음대로 움직이는 것부터가 요상하잖아. 세상에 말하는 거울이 어디 있다고? 나중엔 나 말고 다른 사람을 조종하게 될 거야. 맞아, 깨 버려야 해!'

다시 마음을 단단히 먹었다. 눈을 질끈 감고 있는 힘껏 거울을 밀었다.

쿵.

방 한가운데로 거울이 엎어지는 소리가 났다.

조금 뒤 눈을 떴다.

"어? 하나도 안 깨졌잖아."

헛웃음만 나왔다. 거울은 그냥 엎어져 있을 뿐이었다. 힘껏 밀었는데도 깨어지지 않다니. 정말 이상했다. 살짝 겁이 나 밖으로 나와 버렸다.

'거울이 정말 마법이라도 부린 건가? 거울을 깨면 벌 받는 거 아닐까?'

슬쩍 걱정되었다.

'그래, 하루 중 딱 5분 정도, 아이가 나타날 때만 잘 피하면 돼.'

집으로 돌아와 테이프를 벗겨냈다. 테이프 붙였던 자리가 끈적해 일일이 닦아야 했다.

"어휴, 이게 무슨 생고생이람!"

툴툴거리며 거울을 닦고 나니 힘이 쫙 풀렸다.

그후로 매일 거울 아이가 나타날 시간이면 밖으로 나갔다. 오이는 이제 내가 낯익은지 벤치에 올라와 곁에 앉곤 했다. 머리를 쓰다듬어 주면 눈을 지그시 감고 내 손길을 즐겼다. 거울 아이 때문에 고민하지 않아서 좋았지만, 어쩐지 찝찝한 기분은 계속 남아 있었다.

오후부터 비가 왔다. 밖에 나갈까 하다 그냥 집에 있기로 했다. 거울 아이를 마냥 피할 수만은 없으니까.

"어쩜 그렇게 못되게 구니?"

거울 아이가 인사도 없이 따졌다. 잔뜩 화난 얼굴이었다.

"알아챘구나!"

"내게 어떤 위기가 닥쳤는지 정도는 느낄 수 있어. 이유가 뭐야?"

"널 행복하게 하려다 내가 지쳐 버렸어."

"그래서 날 깨 버리려고 한 거야?"

"고민해서 준비해 봤자 넌 시큰둥했어. 매일 널 즐겁게 하려

는 게 부담스러웠다고. 너만 안 보면 고민이 없어질 것 같았어."

"흥, 그런다고 내가 사라질 줄 알아?"

"넌 그냥 거울일 뿐인데 내 소원을 어떻게 들어줘? 약속한 내가 바보야."

"포기한다는 말을 참 길게도 하네! 난 이미 답을 여러 번 알려 주었는데."

"답을 이미 알려 주었다고?"

"이렇게 약속을 어기면 너한테도 안 좋아."

거울 아이는 화내며 차갑게 굴다가 사라졌다.

"아휴, 머리 아파!"

이제 며칠 남지 않았는데 거울 아이가 내게 준 힌트가 뭐였지? 아무리 생각해도 모르겠다. 거울 아이와 처음 만날 때 어땠는지 다시 찬찬히 생각해 보았다.

'거울 아이는 내가 울 때 나타났어. 내가 울어서 자기가 행복하지 않다고 웃게 해 달라고 했지. 그래서 여태 웃기려고 했던 건데.'

내가 재미있는 얘기를 찾고 준비했던 이유였다. 그런데 아무리 열심히 찾아 들려줘 봤자 거울은 냉담했다.

'어쩌면 내가 잘못 알고 있는 걸까?'

퇴근한 엄마에게 물었다.

"엄마, 웃는다는 건 행복하다는 뜻 아니에요?"

"행복하면 웃지만, 웃는다고 모두 행복한 건 아니지."

"어째서요?"

"슬퍼도 주변 분위기를 망칠까 봐 웃는 경우가 있어. 또 가게 주인이 손님 앞에서 웃는 건 손님을 맞이하는 태도지 행복해서 웃는 건 아니잖아."

"아하!"

엄마 말을 들으니 내가 뭔가 잘못 생각한 것 같았다.

"엄마, 행복이 도대체 뭐예요?"

"사람마다 다 달라."

"엄마는 언제 행복해요?"

엄마가 잠깐 생각하는 듯했다.

"가족이 오붓하게 나들이 가는 모습을 보면서 저런 게 행복이 아닌가 생각했어."

'우린 아빠가 없으니 행복할 수 없다는 걸까?'

마음이 씁쓸했다.

10

꿈과 현실

행복이 뭘까?

인터넷 검색창에 〈행복〉을 넣었다. 지난번에는 재미없는 말이라고 생각했는데 다시 읽어 보니 그럴듯한 말들이었다.

인터넷에 나오는 내용 중 몇 가지를 골라 적었다. 그 중 '내 선택이 내 운명을 결정한다.' 이 말은 내게 딱 맞는 말이었다. 거울 아이와 쉽게 약속하는 바람에 지금 내가 이러고 있으니까.

다시 거울 앞에 앉았다.

"안녕?"

사과하는 마음으로 먼저 인사했다. 거울 아이는 대답조차 하지 않았다.

"미안해. 처음엔 쉽다고 생각했는데 아니네. 여태껏 널 행복하게 해 주지 못했어도 내가 고민 많이 했다는 사실만큼은 믿어 줘."

"고민 안 하는 게 방법일 수도 있는데."

거울 아이가 무심한 듯 툭 뱉었다.

"알았어. 이제부턴 고민 안 할래. 그냥 내가 겪고 생각한 일을 들려줄게. 얘기가 시시해서 행복하지 않을 수도 있지만."

"그건 내 맘이야."

나는 지난번에 혜지와 공원에서 소꿉놀이한 얘기를 들려주었다. 거울 아이는 내 말을 안 듣는 척하더니 점차 귀담아듣는 눈치였다.

"혜지 엄마가 벤치에 앉아 우리가 노는 걸 지켜봤던 거야. 혜지가 발음이 어눌해서 혜지 엄마도 그럴 줄 알았거든."

"아니었구나!"

"응, 혜지는 태어날 때 양수가 터져 뇌에 산소 공급이 안 돼서 그런 거래. 하마터면 죽을 뻔했대."

"그래서 말이 어눌한 거야?"

"응. 아직 손이나 몸놀림이 느리고 발음이 안 좋지만, 비슷한 처지에 있는 다른 사람들에 비해 엄청나게 좋아진 거래. 뭐든 스스로 하려고 노력해서 그렇대."

"앞으론 훨씬 나아지겠네."

거울 아이의 표정이 조금 부드러워졌다.

"나도 뭐든 남에게 기대기보다 스스로 해 볼 작정이야!"

거울 아이가 나를 가만히 바라보았다. 입꼬리가 원래 살짝 올라가 있었나? 잘 모르겠다.

"우리 엄마랑 혜지 엄마도 친구가 됐어."

"잘됐네."

거울 아이는 다시 사라졌다. 앞으로 딱 일 주일만 지나면 백일째 되는 날이다.

'여태까지 못 했는데 될까? 어쨌든 내가 한 약속이니까 끝까지 가 보자.'

"안녕? 오늘은 무얼 준비했어?"

거울 아이의 목소리가 어제보다는 훨씬 부드러워졌다.

"오늘은 준비한 게 없어."

"정성이 너무 부족한 것 아냐? 난 소원을 들어주려고 진지하게 준비하고 있는데."

"생각해 보니 너를 주워 오기 전 난 혼자인 이 시간이 좋았어. 그래서 '가장 완벽한 시간'이라고 불렀어. 아빠를 맘껏 그리워해도 되고, 실컷 울 수도 있어서 좋았지."

"이젠 안 좋다는 말로 들리는데?"

"너와 약속한 뒤로 재미있는 얘기를 찾느라 슬픔을 잊곤 했어. 우는 일도 줄었고. 어떤 땐 친구들 앞에서 네게 들려줄 얘기를 연습했지. 그 때문에 친구들이 나를 재미있는 아이라고 생각해."

"나 대신 친구들을 즐겁게 했다니 나쁘진 않네."

"응, 덕분에 친구들과 많이 가까워졌어."

"거 봐, 그러니까 넌 나를 행복하게 할 의무가 있다니까!"

거울 아이는 기분이 좋은지 말이 많아졌다.

"따지고 보면 모두 네 덕분이야. 진심으로 고맙다고 말하고 싶어."

"오, 기분 좋은데. 잠깐, 이런다고 집이 생기는 건 아냐."

거울 아이가 우쭐댔다.

"알아. 어쨌든 내가 고마워한다는 건 알아줬으면 해."

"나쁘진 않네. 나를 깨부수려고 하지만 않는다면 말이야."

거울 아이가 핀잔하듯 말했지만, 얼핏 입꼬리가 살짝 올라갔다. 이번엔 확실하게 봤다. 그 웃음이 거울이 말하는 행복인지는 모르겠다. 웃는다고 다 행복한 건 아니라니까.

"처음엔 이모네에 얹혀사는 게 불편했는데, 지금은 고마워. 아무리 친척이라도 거두어 주는 건 쉽지 않잖아."

"철들었구나!"

"철든 사람이 제일 무겁다는데?"

"뭐?"

"농담!"

'가장 완벽한 시간'이 또 지나고 말았다.

토요일, 혜지 엄마가 같이 점심을 먹자고 초대했다. 우리는 밥을 먹고 혜지 방에서 놀았다. 엄마는 혜지 엄마와 거실에서 차를 마셨다. 얘기가 잘 통하는지 웃음소리가 났다. 오랜만에 엄마 웃음소리를 들어서 기분이 좋았다.

돌아오는 길에 공원에 들렀다. 할아버지 한 분이 공원 벽을 향해 공을 차고 있었다. 공이 엉뚱한 곳으로 튀면 지팡이를 짚고 공을 쫓아다녔다.

"엄마, 저 할아버지는 축구를 굉장히 좋아하나 봐요. 지팡이를 짚고도 공을 차요."

"저런, 몸 일부에 마비가 온 거야. 풍을 맞으셨네!"

그러고 보니 할아버지 팔다리가 불편해 보였다.

"풍이요?"

"응, 나이 들어 혈액 순환이 잘 안 되면 중풍에 걸리기도 해. 흔히 풍이 왔다고 하지. 몸 한쪽이 마비되고 불편해져. 저 할아버지처럼 손발이 덜덜 떨리기도 하고."

"나이가 들면 다 그래요?"

"모두 그렇진 않아."

난 엄마가 나이 들어 저러면 어쩌나 걱정되었다.

"오늘은 뭘 준비했어?"

"특별히 준비한 건 없어."

"이제 집은 포기한 거야?"

"내 것이 아니라면 욕심을 버려야지. 마음이 평화로와야 행복
할 것 같아. 사실 널 깨 버리려고 했을 때 불안했어."

난 엄마와 산책할 때 공원에서 축구하던 할아버지 이야기를
들려주었다.

"풍은 나도 알아. 옛날 주인도 그랬으니까. 넌 할아버지가 불
쌍해 보였어?"

"아니, 건강을 찾고 싶어하는 희망이 보였어. 할아버지가 다
시 건강해지시면 좋겠어."

"나도 동감!"

"난 지금부터 못 가진 것보다 가진 것에서 고마움을 느끼고 행
복해지기로 했어."

내 말에 거울 아이가 엄지를 치켜들었다.

"좋아! 네가 가진 게 뭔데?"

"다른 사람과 비교하는 건 아니지만, 난 건강해. 또 날 사랑하

는 엄마, 이모가 있고 친구들도 있어. 아빠가 들려주신 말씀도 마음에 남아 있어. 내가 무얼 잘하나 고민해 봤는데, 친구 마음을 잘 이해하는 것 같아. 돈 많은 부자는 아니어도, 마음이 뿌듯해."

"그 정도면 가진 게 많은데?"

"치명적인 단점은 집이 없다는 거지. 달팽이도 집이 있는데 말이야. 그렇다고 슬프진 않아."

조금 뒤 거울 아이가 사라지고 거울 속은 본래의 내 모습으로 돌아왔다.

거울 아이와 약속했던 시간이 바로 코앞으로 다가왔다. 이젠 그런 건 신경 쓰지 않기로 했다. 작은 일들에서 기쁨을 찾고 싶었다.

진실

    토요일, 이런 일은 처음인데 엄마가 약속이 있다고 나갔다. 두 시간이 넘어서야 들어와 무슨 생각에 잠겨 있는 듯했다.

    일요일을 지나고 나니 이틀이 흘러가 버렸다.

    "안녕, 참 내가 이 얘기해 줬어?"

    이번엔 내가 먼저 말을 건넸다.

    "무슨 얘기?"

    지난번에 절에서 본, 눈이 안 보이는 아저씨가 계단을 올라가던 일을 거울 아이에게 들려주었다.

    "만약 네 엄마가 그런 처지라면 넌 어떻게 할 것 같아?"

    "글쎄, 생각해 봤는데 모르겠어."

    "널 무시하려는 게 아니라, 솔직히 못 하겠다는 말로 들리는데?"

거울 아이가 팔짱을 끼고 말했다.

"맞아, 난 못 할 거야. 혹시 엄마가 계단에서 굴러떨어져 다치면 어쩌나 걱정돼서. 어쨌든 지금은 생각 안 하는 게 좋겠어."

"내 질문을 피하겠다는 거야?"

"아니, 일어나지 않은 일을 미리 상상해서 걱정을 만들면서 살고 싶진 않아. 그냥 지금 앞에 닥친 일을 중요하게 생각하고 살려고."

"오, 대단한데!"

거울 아이가 눈을 휘둥그레 떴다.

"기도해서 기적처럼 눈이 떠진다면 위험을 무릅쓰고라도 그렇게 할 거야. 사람은 희망을 품으면 뭐든 할 수 있다고 생각하거든."

"집을 갖고 싶다는 희망이 아직 있니? 넌 일부러 날 피하기도 했잖아."

"인정해, 사실 널 못 믿었거든. 지금 너와 얘기 나누는 것도 진짜 가능한 일인지 모르겠어."

"또, 또, 저 소리. 으잉. 상상력이라곤 없는 사람들! 넌 좀 나을 줄 알았는데."

"사람마다 행복이 뭐냐는 물음에 답이 달랐어. 엄마는 가족이 나들이 가는 모습을 보면 부럽대. 나도 아빠가 있으면 행복할 것 같아."

"다른 사람은 뭐가 행복이라고 생각해?"

"눈이 안 보이는 아저씨는 눈이 보이면 행복하겠지. 축구하던 할아버지는 건강해지길 바랄 거고. 또 할머니와 사는 아이는 엄마 아빠와 같이 살고 싶을 거야."

"그렇긴 해."

"원한다고 다 이루어지는 건 아니지만, 노력은 해 봐야 한다고 생각해. 혜지는 뭐든 자꾸 스스로 하려고 해. 하지만 노력해도 안 되는 일은 어쩔 수 없어."

"그럼 포기한다는 뜻이야?"

"아니, 예를 들어 나처럼 아빠가 돌아가셨거나, 부모님이 이혼했다거나 이런 건 내가 노력해도 안 되는 일이야."

"그럴 땐, 어쩌지?"

"마냥 안타까워하기보다 다른 행복을 찾아야 한다고 생각해. 이혼한 부모를 원망하기보다 좋아하는 춤을 추며 행복해하던 친구처럼."

"오호, 굿!"

"만약 내가 널 행복하게 해 주지 못해서 집을 얻지 못한다 해도 괜찮아. 네 도움 없이 앞으로 내가 노력해서 소원을 이룰 거니까. 엄마와 나는 '우리 집'에서 행복하게 살 자격이 있어. 이 희망은 절대 버리지 않을 거야."

"오, 좋은데! 인정, 내가 봐도 넌 그럴 자격 있어."

거울 아이가 손을 거울 밖으로 뻗어 내 어깨를 톡톡 두드려 주었다.

"어, 이런 능력도 있었어?"

"이 정도야, 뭐."

거울 아이는 어깨를 우쭐거렸다. 확실히 내가 거울 아이를 오해하고 과소평가했나 보다.

"좋아. 일어나지도 않는 일을 걱정하느라 소중한 지금을 놓치지 않겠다는 말이지, 기억할게."

거울 아이의 목소리가 유쾌하게 들렸다.

밤에 엄마가 물었다.

"다솜아, 아빠가 왜 보험도 안 든 차를 몰았는지 아니?"

나는 고개를 저었다.

"엄마도 이제야 알았어. 토요일에 아빠와 친했던 트럭 기사님을 만났거든. 고향 선배래."

엄마는 자세한 이야기를 들려주었다.

"그분이 몸을 다쳐 몇 달째 일을 못 했대. 하필 그때 아내가 급

히 수술까지 했나 봐. 그동안 아빠가 생활비를 보태 주고 수술비까지 도와주었다네. 엄마도 몰랐어."

아빠에게 실망스러웠던 마음이 싹 사라졌다.

"게다가 아저씨가 알아보니 보험 넣는 기한을 아빠가 딱 하루 넘겨 버렸다는구나!"

"아, 아빠!"

"일거리가 많이 몰려 바빠서 날짜를 놓쳐 버린 것 같대. 하필 그럴 때 사고가 난 거야. 내가 보험 기한을 확인했으면 좋았을 텐데……."

엄마는 후회스럽다는 표정을 지었다.

또 사고가 났을 때 상대방을 위해 아빠 쪽으로 핸들을 틀었을 거라는 얘기도 했다고 한다. 그 때문에 상대편 사람들은 크게 다치지 않았다고. 모든 게 명료해졌다. 당연하지, 아빠가 어떤 사람인데.

"엄마, 그럼, 아빠에게 마음속 거울이 없었던 게 아니네요."

"아마 네 아빠 마음엔 거울이 열 개도 더 있었을 거야. 이 집안에는 무슨 내력이 있는지 풍이 온 너희 할머니도 거울 얘기를 자주 하시더니!"

"엄마, 할머니도 풍이 왔어요?"

"고생하시다가 너를 낳기 전에 돌아가셨지. 너를 무척 보고 싶어 하셨는데.”

거울 아이도 풍이 온 주인이 있었다고 했는데? 나는 고개를 갸웃거렸다.

은서와 학교에 가던 길이었다. 차들이 지하 주차장에서 빠져 나가고 있었다.

저만치 차 한 대가 막 지나간 뒤 길냥이 한 마리가 바닥에 누워 파들파들 떨었다. 오이와 같은 흰 바탕에 갈색 무늬였다. 나는 놀라서 뛰어갔다. 어린 고양이가 일어서려다 말고 다시 폭 고꾸라졌다. 고양이 주변에는 토한 듯 액체가 흘렀다.

“이걸 어째?”

나는 이러지도 저러지도 못하고 발을 동동 굴렀다.

“뭐해. 빨리 경비 아저씨 불러와야지.”

은서가 소리쳤다. 나는 경비실로 달려가 아저씨를 데려왔다. 그동안 은서는 고양이 곁에 서서 지나는 차들이 피해 가도록 손 신호를 보내고 있었다.

“에잇, 아침부터 재수 없게!”

지나가던 승용차에서 한 아저씨가 얼굴을 내밀고 기분 나쁘게 말했다.

“아저씨, 불쌍한 고양이가 다쳤는데 그러시면 안 되죠!”

은서가 소리쳤다. 나라면 아무 말 못 했을 텐데.

경비 아저씨가 두 손으로 고양이를 안았다. 고양이 몸이 축 늘어졌다.

"머리를 다친 것 같다."

경비 아저씨가 말했다.

"아저씨, 부탁해요. 고양이를 살려 주세요."

은서가 말했다.

"그래, 일단 살려 보자."

고양이를 경비 아저씨에게 맡기고 다시 학교로 향했다.

위급한 상황에서 은서가 한 일이 놀라웠다. 누가 시키지도 않았는데 차들이 고양이를 피해 가도록 나서서 안내한 거다.

"도와줘서 고마워. 내가 아는 길냥이인 줄 알았어."

내가 말했다.

"오드아이 말이지?"

"너도 알아?"

"우리 아파트에 사는 길냥이인데 너만 알겠냐? 혹시 오드아이 새끼인지도 몰라"

"오이가 새끼를 낳았어?"

"응, 네가 이사 오기 전에 배가 불렀거든. 이젠 제법 컸을 거야. 보호하려고 일부러 숨기는지 새끼는 잘 안 보이더라."

"고양이가 죽지 않았으면 좋겠어."

난 행여 오이 새끼일까 봐 걱정되었다.

"그래, 학교 마치고 확인해 보자."

내 마음과 은서 마음이 통해서 좋았다. 우리는 어느새 나란히 걸었다. 이상하게 갑자기 친해진 느낌이었다.

"그동안 미안했어."

은서 입에서 뜻밖의 말이 나왔다.

"이모부가 돌아가셨을 때, 나도 무척 슬펐어. 그런데 엄마가 '우리 다솜이 어떻게 해' 하며 온통 이모와 네 걱정뿐이었어. 내 마음은 생각지도 않고. 한동안 엄마가 나보다 널 더 좋아하는 것 같아 질투가 났어."

"이모가 누구 엄만데 나를 더 좋아하겠어?"

은서에게 이렇게 말했지만, 가끔 이모에게서 엄마만큼 따뜻한 사랑을 느낄 정도이니 은서가 질투심을 느낄 만했다.

"그래서 일부러 무뚝뚝하게 대하고 못되게 굴었어. 다시 바로 잡고 싶은데 모든 게 꼬여 버린 것 같아. 어떻게 해야 할지 모르겠더라."

은서 마음을 알 것 같았다.

"세상에, 난 그런 줄도 모르고."

우리는 손을 잡고 학교로 갔다.

엄마에게 평가지 얘기는 안 할 생각이다. 누구라도 실수는 하는 거니까. 또 은서 때문에 마음속 거울을 속이면 안 된다는 사실을 배웠으니까.

공부 시간 내내 어린 길냥이가 마음 쓰였다. 학교를 마치자마자 은서와 경비실에 갔다. 은서는 학원엘 가야 하지만 고양이가 궁금해서 못 참겠다고 했다.

"어린 고양이라 사고를 견디지 못했나 보다. 더구나 머리를 다쳤으니."

아저씨가 고양이 묻은 곳을 알려 주었다. 아파트 화단 한쪽 벚나무 아래였다. 걱정하던 일이 사실이 되고 말았다. 오이가 주변에서 야옹야옹 울어 대고 있었다. 내가 다가가 머리를 쓰다듬어 주었지만, 오이는 계속 울었다.

아빠를 잃고 슬퍼하던 나처럼 오이도 자식을 잃고 슬퍼하고 있었다. 새끼를 잃은 오이 마음이 느껴져서 꼭 안아 주었다. 집에 돌아와서도 오이가 내내 신경 쓰였다.

밤에 화단에 나가 보았다. 오이는 그 자리를 맴돌며 야옹야옹 울고 있었다. 얼마나 울었는지 목이 다 쉬었다. 나는 가져간 참치캔을 따서 플라스틱 접시에 담아 주었다.

"오이야, 믿어지지 않지? 그래도 네가 슬퍼하면 새끼냥이 마음이 너무 아플 거야! 네가 행복하게 살아야 새끼냥이도 맘 편히

눈을 감을 수 있어."

오이가 슬픈 눈으로 나를 바라봤다. 아빠를 잃고 힘들어하던 내 모습 같아 한참 동안 오이를 안아 주었다.

집에 와서 폰을 꺼내 아빠 번호를 지웠다.

'아빠, 아빠를 잊는 건 아니에요. 이젠 사실을 받아들일래요. 번호가 사라져도 아빠는 영원히 제 마음에 살아 계세요.'

100일째 되는 날

"안녕? 오늘이 100일째 되는 날이야."

내가 기다리고 있다가 거울 아이에게 먼저 인사했다.

"안녕? 그동안 노력해 줘서 고마워."

"뭘. 결국 행복하게 못 해줬는데."

약속을 완성하지 못해 아쉽지만, 거울 아이가 고맙다고 말해
주다니 놀라웠다.

"넌 어때? 나를 처음 주워 오던 그때랑 얼마나 달라졌어?"

거울 아이가 물었다.

백 일 동안 있었던 일들을 생각해 보았다.

"아빠가 돌아가시고 집이 망해 버렸어. 이모 집에 왔을 땐 정
말 슬펐어."

그때를 다시 떠올려 보았다. 다행히 이제 눈물은 나지 않는다.

"아빠가 돌아가신 걸 받아들이기가 힘들었어. 얹혀사는 것도 싫었고. 혼자 있는 시간엔 자주 울기도 했어. 지금은 친구도 많아졌고, 그때보다는 마음이 훨씬 편해졌어."

"어떻게?"

"내 생각이 많이 바뀌었어. 얹혀사는 게 아니라 잠깐 도움을 받는 거라고. 언젠가는 나도 누군가에게 도움을 주는 사람이 될 거야."

"많이 성장했구나!"

나는 거울 아이에게 어제 죽은 오이 새끼 얘기를 들려주었다.

"아빠가 돌아가신 걸 인정하기 싫었는데 이젠 사실 그대로 받아들이기로 했어. 내가 되돌릴 수 없는 일은 어쩔 수 없어. 앞으로 내가 해낼 수 있는 일을 열심히 할 생각이야."

"정말 그럴 수 있어?"

"응. 내 행복은 내가 만들어 갈 거야. 누가 대신해 줄 수 있는 게 아니니까. 내가 가진 게 있으면 욕심 부리지 않고 다른 사람하고도 나눌 생각이야."

"지금 어때? 넌 행복하다고 생각해?"

"응, 행복해. 아빠가 사고를 낸 게 마음속 거울이 없어서가 아니었단 걸 알았거든. 아빠는 힘든 분을 돕다가 그렇게 된 거야.

역시 멋진 아빠였어!"

"방금 행복하다고 말했니?"

"응, 지금 난 행복해. 아빠는 여전히 내 마음속에 살아 계셔. 그래서 슬퍼하지만은 않을 거야. 또 있어. 지금 내가 가진 것들에 고마워하니까 행복해졌어!"

거울 아이 입꼬리가 올라갔다. 이번엔 확실했다.

"어, 너 방금 웃었어. 맞지?"

거울 아이는 대답 없이 씩 웃고는 사라졌다. 여태 보지 못한 모습이었다. 거울 아이가 웃긴 했지만, 행복한지는 모르겠다. 웃는다고 다 행복한 건 아니니까.

웬일인지 엄마가 일찍 퇴근했다. 노래까지 흥얼거리면서.

"다솜아, 엄마가 정직원이 되었어. 그동안 열심히 배우고 성심껏 일했더니 모두들 인정해 준 거야."

"우와 정말요?"

우리는 두 손을 마주 잡고 좋아했다.

"또 한 가지 좋은 소식이 있어."

"뭔데요?"

"네가 혜지에게 잘해 줘서 요즘은 친구들도 함부로 굴지 않는대. 혜지 엄마가 널 정말 고맙게 생각하더라."

그동안 엄마와 혜지 엄마가 자주 전화하더니 속마음도 말할 만큼 친해졌나 보다.

"게다가 세상에, 혜지 외할아버지한테 집이 네 채나 있는데 그 중에서 투룸이 비었다는 거야."

"우와, 그렇게 부자예요?"

"혜지 외할아버지도 네 얘기를 듣고 무척 고마워하셨대. 그래서 우리한테 보증금 반만 내고 들어와 살래."

"정말요? 와, 잘됐네요!"

나도 모르게 목소리가 커졌다.

"대신 공짜는 없지. 건물이 이 근처에 있는데 관리하느라 매일 오고 가기가 버거우신가 봐. 그래서 우리가 들어가 살면서 조금 도와드리기로 했어. 건물에 고장이 나거나 막힌 곳, 수리할 부분이 있으면 알려 주기만 하면 된대. 어때 반값으로 사는데 그 정도는 어렵지 않겠지?"

"네, 좋아요!"

"다솜아, 또 있어. 아빠 고향 선배가 차차 갚겠다더니 오늘 돈을 조금 보냈네. 보증금 반은 될 것 같아. 나머지는 그동안 번 걸로 하고."

엄마와 나는 손을 마주 잡고 방방 뛰었다. 거울 아이가 도와준 걸까? 아니면 운이 좋은 걸까?

거울 아이가 나타나는 시간에 거울 앞에 앉았다.

"안녕? 엄마랑 내가 살 집이 생겼어."

거울 아이를 보자마자 반가운 소식을 전했다.

"거봐, 내가 약속은 반드시 지킨다고 했지."

"네 덕분이 아니라 엄마가 구한 건데? 난 널 행복하게 해 주지도 않았고."

"어제 네가 행복하다고 말했잖아."

"그게 무슨 상관이야?"

"네가 행복하면 나도 행복해. 내가 바로 너니까."

무슨 뜻인지 알 듯 말 듯했다.

"난 너를 비추는 거울이야. 네가 행복해야 나도 행복해지는 거야. 오직 너한테만 보이는 네 마음속 거울이지."

"아빠가 말씀하시던?"

거울 아이가 고개를 끄덕였다.

"백 일을 잘 견뎌 줘서 고마워. 너한테 선물을 주고 싶어. 혹시 해리포터에 나오는 거울 봤어?"

"응, 영화에서 거울 속에 비친 엄마 아빠를 만나는 장면을 봤어."

"내게도 그런 능력이 조금 있어."

갑자기 거울에 물결이 일렁거리다 잔잔해졌다.

"다솜아!"

어디선가 익숙한 목소리가 아련히 들렸다. 곧 거울에 아빠 모습이 나타났다.

"다솜아, 아빠야."

"아, 아빠, 보고 싶었어요!"

왈칵 울음이 쏟아졌다.

"아빤 다솜이와 엄마를 매일 지켜보고 있었어."

"아빠가 아는 분을 돕느라 그랬다면서요? 그럴 줄 알았어요. 아빠가 어떤 분이신데요."

"다솜아, 아빠를 믿어 줘서 고마워. 나도 너를 믿는다. 넌 자랑스러운 내 딸이야!"

"아빠도 좋은 아빠였어요. 하지만 지금 엄마와 저는 쏟아지는 비 속에 우산도 없이 서 있는 것 같아요."

"미안해, 다솜아. 그럴 땐 기억하렴. 어떤 사람들은 비가 오면 옷이 젖는다고 불평만 하지만 어떤 사람은 비를 흠뻑 느끼고 산단다."

"비를 느낀다고요?"

"응, 비의 좋은 점이나 고마움 말이야."

"아빠, 아직 좀 어렵지만, 생각해 볼게요. 아빠가 했던 거울 애

기도 이제 조금 이해가 되니까요."

"그래, 차차 알아 가면 돼. 이끌려 살아가는 사람이 아니라 지금처럼 네가 주도하는 삶을 살기 바란다."

"예, 아빠 기억할게요."

"다솜아, 넌 잘해 낼 거야. 아빤 항상 너와 엄마를 응원한다는 걸 잊지 마!"

물결이 다시 일렁였다. 아빠가 손을 흔들었다.

"사랑한다. 내 딸."

"아빠, 저도 사랑해요. 영원히 잊지 않을게요."

난 손을 흔들며 아빠 모습이 사라진 거울을 한참 들여다보았다.

'가장 완벽한 시간'을 가장 완벽하게 보냈다. 나는 마음껏 울었다. 이번엔 기쁨의 눈물이었다.

이사 가는 날이다.

짐을 실은 택시가 아파트 담장 옆에 난 도로를 따라 움직이기 시작했다. 나는 무심코 아파트 쪽을 바라보았다. 그때 거울을 같이 옮겨 주었던 할머니가 분리배출 창고 앞에서 손을 흔들고 있었다.

'아!'

불현듯 큰아빠 집에서 차례를 지낼 때 액자 속에 있던 얼굴이

떠올랐다.

"할머니?"

나는 얼른 창문을 내리고 뒤돌아보았다.

할머니 모습은 어느새 보이지 않았다.

아름다운 무늬를 주신 분

어린이 여러분, 반가워요. 여러분은 어디서 살고 있나요?

저는 성내란 시골 마을에서 나고 자랐어요. 그래서인지 학교 담장엔 옛날 성벽이 남아 있었어요. 300살이 넘는 커다란 느티나무가 든든히 서 있는, 진해 웅천 초등학교였지요. 지금은 더 큰 건물로 이전했지만, 그곳에서 저는 참 좋은 선생님을 만났어요.

3학년 때 담임 선생님은 교감선생님이셨어요. 나라 경제가 어려웠던 시절이라 교감선생님도 반을 맡아 지도해 주셨지요.

처음엔 무서울 줄 알았는데, 교감선생님과 하는 공부는 무척 재미있었어요. 특히 저는 사회 시간이 좋았어요. 읽을 책이 귀했던 시절, 선생님이 들려주시는 다른 나라 얘기는 시골 마을 작은 아이를 금세 낯선 나라로 데려가 주었거든요. 풍차와 튤립의 나라 네덜란드로, 스프링클러가 돌고 젖소가 풀을 뜯는 덴마크로, 창가에 꽃 화분을 둔 그림 같은 스위스 마을로 말이에요. 한참 상상의 나래를 펴다 보면 어느새 종이 울렸어요. 어른이 되면 저 나라에 꼭 가 보리라 다짐하곤 했어요.

학교 북쪽으로는 포장되지 않은 도로가 있었어요. 부산행 빨간 완행 버스가 먼지를 폴폴 날리며 달렸죠. 아스라이 멀어지는 버스 꽁무늬를 보며 언덕 너머는 어떤 곳일까 늘 궁금했어요. 봄 소풍 때 처음 언덕을 넘었어요. 단지 언덕을 넘었을 뿐인데 큰 마을이 나타났어요.

세상에는 얼마나 많은 마을이 있을까? 그 순간의 경이로움은 지금도 생생해요. 그래서인지 저는 새로운 세상을 만나는 일이 행복해요. 또한 지금 제가 살아가는 세상도 얼마나 소중한지 느끼면서요.

학년이 끝날 즈음, 선생님이 말씀하셨어요. 〈마음에 거울 하나를 품고 살자. 그러면 자기를 속이지 않고 바르게 살아갈 수 있다. 그런 걸 양심이라 한다〉고. 어린 마음에 선생님 말씀이 탁 들어와 앉았어요.

세월이 흘러 저도 선생님이 되었어요. 첫 아이들을 만났을 때 교감 선생님께 들었던 말씀을 전했어요. 당시엔 인생을 오래 살지 않았고,

제 마음속에도 거울이 확고하지 않았던 때라 아이들이 어떻게 받아들였는지 모르겠어요. 혹시 몇 명은 기억하고 있을까요?

어쨌든 저는 거울을 품은 사람이 되려고 했어요. 슬그머니 편하게 살고 싶을 때도 있었지만, 마음속 거울을 생각하면 함부로 행동할 수 없었어요. 어쩌면 거울 덕분에 지금의 제가 있는지도 몰라요. 언젠가는 거울에 관한 이야기를 써야겠다고 생각했는데, 이제라도 이야기를 풀게 되어 다행이에요.

어린 10살짜리, 시골 마을 작은 아이의 인생에 길을 열어 주신 선생님, 고맙습니다. 덴마크에 갔을 때 선생님이 무척 생각났어요. 새로운 세상을 만날 때마다 그랬고요. 제 인생에 아름다운 무늬를 남겨 주신 분, 더 넓은 세상, 바른 세상을 꿈꾸게 해 주신 선생님, 마음 깊이 존경합니다.

어쩌면 제 선생님이시던 교감선생님이 여러분의 증조할아버지일 수

도 있어요. 혹시 부모님께 여쭈어 보세요. 김, 수자 복자를 쓰시던 분
이셨다면 제게 꼭 알려 주세요.

더불어 제 책을 읽는 어린이들 마음 자리에도 거울이 하나씩 자리 잡
는다면 저는 더없이 행복할 거예요.

물소리가 청명한 날
이다감